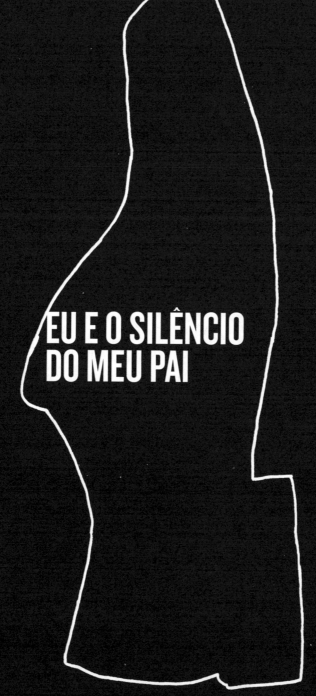

EU E O SILÊNCIO DO MEU PAI

SÃO PAULO, 2022

CAIO RITER
ILUSTRAÇÕES CASA REX

TÍTULO **EU E O SILÊNCIO DO MEU PAI**
COPYRIGHT © **CAIO RITER**
PROJETO GRÁFICO **CASA REX**
REVISÃO **ELISA ZANETTI E NATHÁLIA DIMAMBRO**
COORDENAÇÃO EDITORIAL **ELISA ZANETTI (EDITORA BIRUTA)**

Iª EDIÇÃO – 2011
Iª REIMPRESSÃO – 2022

DADOS INTERNACIONAIS DE CATALOGAÇÃO NA PUBLICAÇÃO
(CIP)(CÂMARA BRASILEIRA DO LIVRO, SP, BRASIL)

RITER, CAIO
    EU E O SILÊNCIO DO MEU PAI / CAIO RITER ;
ILUSTRAÇÕES DE CASA REX. -- SÃO PAULO : BIRUTA, 2011.

    ISBN 978-85-7878-082-0

    I. LITERATURA INFANTOJUVENIL I. CASA REX.
II. TÍTULO.

II-07830   CDD-028.5

    ÍNDICES PARA CATÁLOGO SISTEMÁTICO:
    I. LITERATURA INFANTOJUVENIL   028.5
    2. LITERATURA JUVENIL   028.5

EDIÇÃO EM CONFORMIDADE COM O ACORDO
ORTOGRÁFICO DA LÍNGUA PORTUGUESA.

TODOS OS DIREITOS DESTA EDIÇÃO RESERVADOS
À EDITORA BIRUTA LTDA.
RUA CONSELHEIRO BROTERO, 200 – Iº ANDAR A
BARRA FUNDA – CEP 01154-000
SÃO PAULO – SP – BRASIL
TEL: II 3081-5739 FAX: II 3081-5741
e-mail: CONTATO@EDITORABIRUTA.COM.BR
site: WWW.EDITORABIRUTA.COM.BR

A REPRODUÇÃO DE QUALQUER PARTE DESTA OBRA É ILEGAL E CONFIGURA
UMA APROPRIAÇÃO INDEVIDA DOS DIREITOS INTELECTUAIS E PATRIMONIAIS
DO AUTOR.

PARA LAINE, HELENA E CAROLINA,
QUE ME PRESENTEARAM COM A
POSSIBILIDADE DE SER PAI.

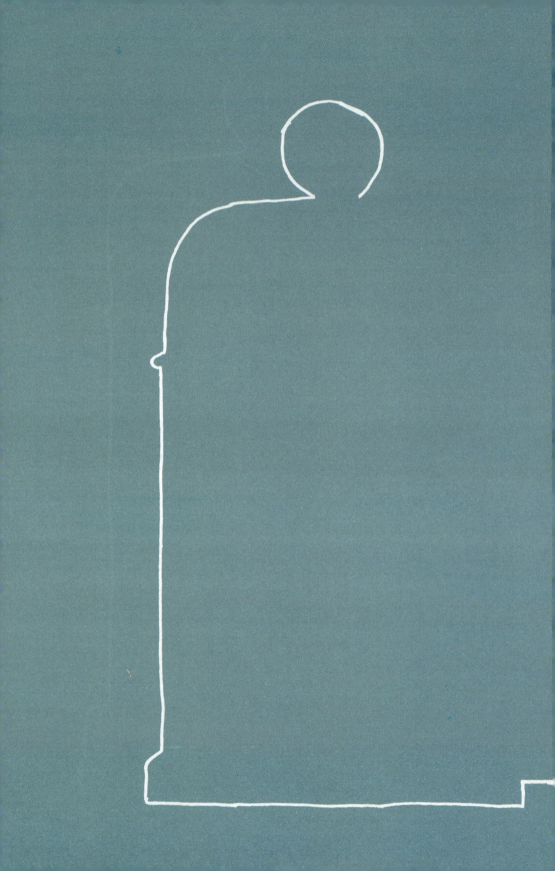

ROGO-TE, PAI, COMPREENDE-ME BEM.
FRANZ KAFKA, CARTA A MEU PAI

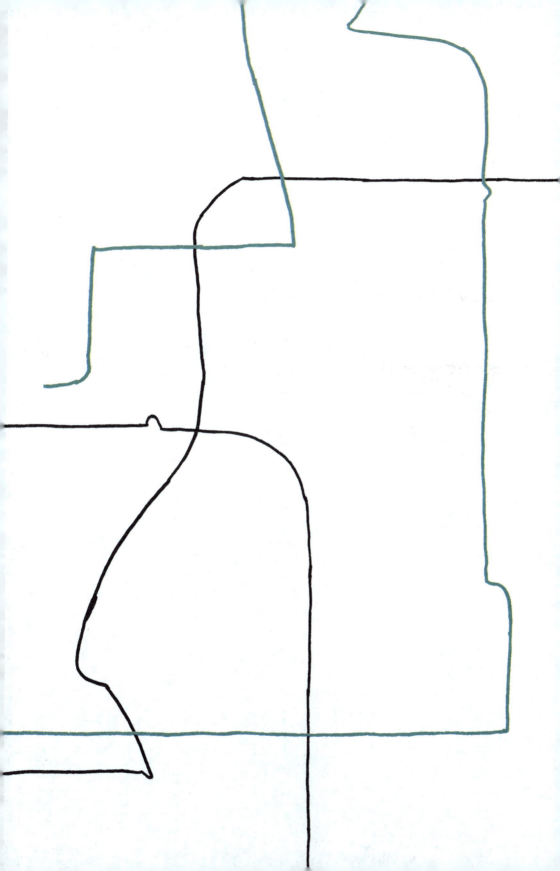

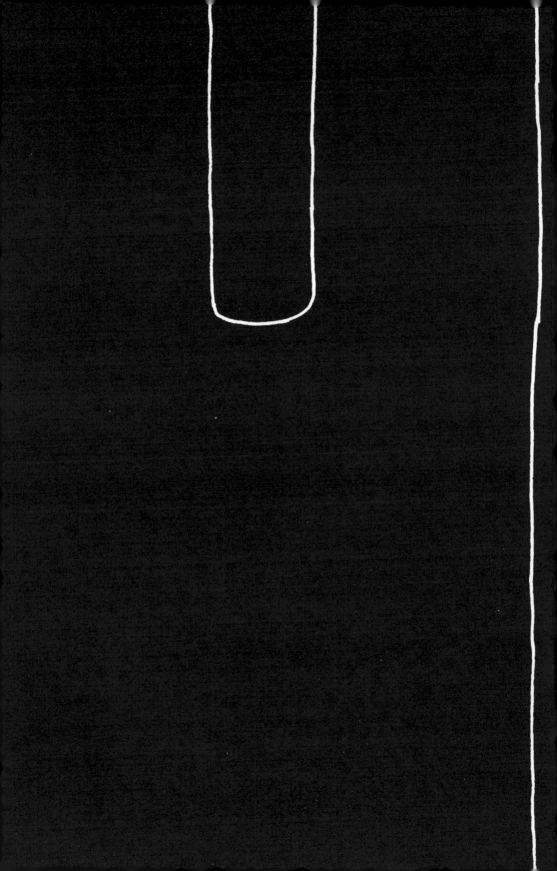

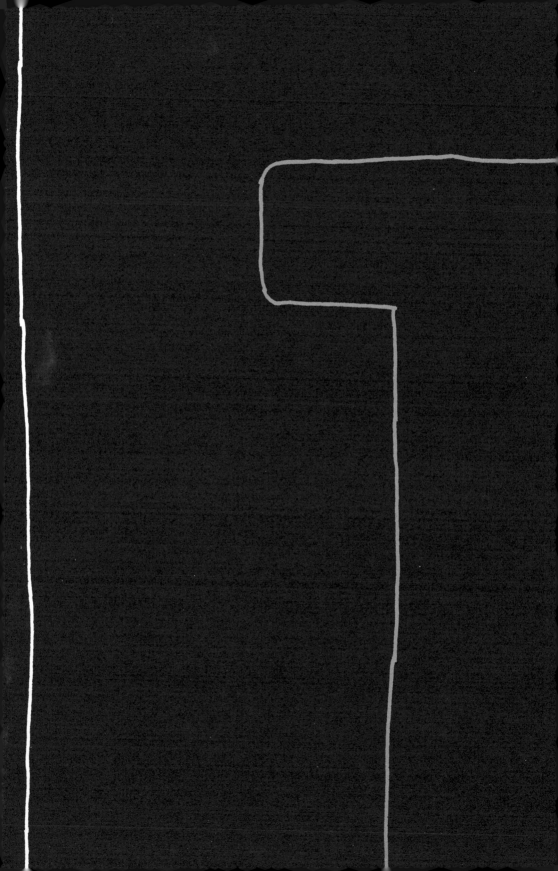

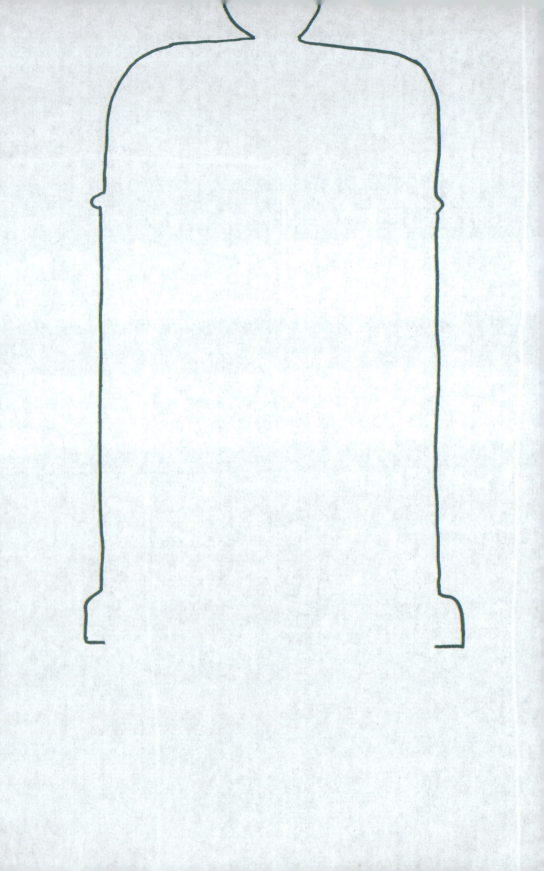

O QUE VIA MEU PAI

— se é que via, se é que me via — por trás daqueles olhos azuis cheios de álcool? Ele bebia vinho, cerveja; bebia o que tivesse. E, se bebia, trazia palavras de um tempo anterior, de um tempo e de gentes que eu nunca conheci, um tempo que nada dizia a mim. Afinal, se meu pai me rendeu um quase nada de carinho e de cuidados, também não me deu tios, nem avós, nem primos e primas. Apenas aquela velha ranzinza a quem temíamos e a quem chamávamos de tia (tia Maria: uma tia que não era.), mulher também de poucas palavras, de poucos afagos e de muitas rezas, que se perdia a entoar Pai-Nossos e Ave-Marias, que rezava pelas dores do mundo, pelos sofrimentos de todos, mas não pelos meus ou pelos do meu pai, que — afinal de contas — deviam ser os mesmos.

Eu tinha medo dela.

Eu a olhava de longe: aqueles cabelos brancos, escorridos, finos e ralos, feito os de uma bruxa; aqueles olhos de pouco querer; aquela boca de um quase nada de palavras de carinho. Essa mulher foi o que meu pai teve como mãe. Essa mulher era o que ele tinha nos dado como avó. Mas era presença indesejada nossa: nem parente, nem nada. Às vezes, creio que deveria ser uma madrinha, meio aparentada distante, a quem coube a tarefa de cuidar do menino que foi meu pai quando os pais dele morreram, sei eu lá como. Meu pai sempre dizia que os meus avós, os verdadeiros, aqueles que eu nunca conheci, haviam morrido quando ele era bem pequeno. Aí, como compensação, eu e meus irmãos herdamos a tal tia Maria. A vó que não era.

O MENINO SE SENTE IMOBILIZADO SOBRE A CADEIRA DURA.

As pernas ainda não alcançam o chão e isso lhe causa uma sensação terrível de aprisionamento. Sabe que suas pernas são muito curtas para que pule da cadeira alta, corra pelo piso frio e busque na porta fechada uma tentativa de fuga.

Na frente dele, tia Maria o adverte contra as traquinagens. Diz ser feio meter o dedo no bolo e comer antes dos outros. *Falta de educação*, ela grita. O dedo próximo ao rosto do menino. *Falta de educação. Sua mãe te dá pouca educação.*

O menino nada fala. Apenas introjeta aquelas verdades e sente pena da mãe por ter de conviver com aquela mulher triste, amarga, seca de afetos.

— Olha seu pai — diz ela. — Eu que criei. Criei com educação. Ele não furava bolo, não roía unhas, não sujava a roupa, como você e os seus irmãos fazem.

O menino a olha. Não tem ainda (hoje eu sei) a noção do sentimento que aquela mulher lhe provoca. Mas, sem saber, a odeia: deseja que ela suma, que um disco voador a rapte e que, por um encanto ou até, quem sabe, por obra de algum poderoso veneno, se dissolva, assim como ocorre com as lesmas, quando ele as cobre de sal.

Quando tia Maria viaja para visitar as irmãs no interior, a casa do menino torna-se mais alegre. A mãe até canta e abre as janelas, sem qualquer medo das sujeiras ou insetos que a tia diz entrarem por ali.

QUISERA EU ENTENDER MEU PAI.

Quisera eu entender o menino calado, que aniversariava bem pertinho (um dia antes, apenas) da festa natalina, em que o velho barbudo de vermelho — cara em máscara congelada — trazia brinquedos aos meninos da rua. Por vezes, o bom velhinho se esquecia de mim e de meu irmão.

Olho o rosto triste do menino que fui (a foto é tesouro desse tempo na memória) e me apiedo de mim mesmo. Sempre atribuí tamanha tristeza à data dos meus anos, em que nada havia de festas ou de presentes. Os amigos viajavam, iam para a casa dos avós ou estavam envolvidos com os preparativos para a noite do peru. Não tinham tempo para outros festejos. Assim, meu aniversário era de poucas gentes. A mãe sempre fazia um bolo, sanduíches, sagu. Mas e os convidados? Festa de aniversário, eu pensava, precisa da alegria dos convidados. Eles é que importam. Não o aniversariante.

Hoje, no entanto, entendo que a sombra que se impunha como véu em frente aos meus olhos azuis como os de meu pai (os dele muito vivos; os meus, um tanto desmaiados) tinha outro motivo.

Meu pai, quando sóbrio, sempre foi feito de silêncios. Sentado à cabeceira da mesa, era o senhor da casa. Pelos menos, parecia ser. A última palavra era sua, porém ela só era proferida caso minha mãe não aprovasse algo. Ela, a senhora do sim. Ele, o dono das negativas.

— MÃE, POSSO JOGAR BOLITAS NA CASA DO MÁRIO?

O menino é olhos de espera. A mãe envolvida em afazeres de cozinha parece meditar resposta. Aroma e barulho de batatas a arder no óleo fervente.

Sem se voltar, talvez desencorajada de encontrar o desejo estampado nos olhos do filho, diz:

— Pede pro seu pai.

O menino já sabe a resposta. Sabe que, quando ela não diz o sim, caberá ao pai a negação. O menino sabe tudo isso. Todavia, mesmo sabendo, brota nele um fio de esperança de que o pai possa ser sua defesa. Para diante do homem e repete o pedido.

Depois, seus pés o conduzem ao pátio. De longe, ouve os risos e os gritos dos colegas que foram brincar na casa do Mário. E sente uma inveja danada de todos eles. Morde a mão. Quer deixar marcada na pele o tanto de tristeza que sente.

Este gesto — morder a mão, a fim de tatuar a nódoa do sofrimento — é algo que ele vai repetir constantemente em sua infância. E sempre escondido dos pais e dos irmãos. Ninguém verá sua dor. Ela será só dele.

POUCAS PALAVRAS OUVI DO MEU PAI.

E o mais estranho disso tudo é que — embora poucas — não me recordo delas. Um homem feito de não verbos.

Mais tarde, quando não mais criança, quando minha mãe não era mais presença viva e organizadora na pequena casa em que habitava aquela família vasta, eu o mirava. Ficava ali, do outro lado da mesa, querendo entender o que se passava na cabeça do meu pai. Queria adivinhar (e desejava saber) que histórias ele teria para me contar. Queria saber do seu passado, das suas lembranças, daquela infância comportada que tanto a tia Maria apregoava. Queria saber do espaço que a nossa família tinha na vida dele. Que eu tinha na vida dele.

Mas faltava a coragem para a pergunta.

A tevê ligada, a sala mergulhada no silêncio de luzes e de vozes de gente-gente (só chegavam as dos de dentro da tevê), nós dois juntos e tão distantes. Os olhos dele nas imagens de algum programa de humor qualquer; os meus, no seu rosto vincado de rugas. Éramos dois emudecidos. Um, talvez, esperando que o outro proferisse palavra que fosse ponte.

Eu tentei (acho que tentei) algumas vezes quebrar o muro. Mas minha marreta era frágil. Me deixava ficar, apenas incomodamento pelo tanto de carência (hoje acho) daquele homem magro e calado que era meu pai.

E nenhum de nós era capaz de um abraço. Aliás, não éramos capazes nem de qualquer palavra que fosse encontro.

POR VEZES, ME PERCO NAS DATAS

e o que conto já não sei se é de um tempo de infância, de adolescência, se é memória ou se apenas vou inventando histórias sonhadas, imaginadas, não vividas.

Desconheço a cronologia dos fatos e, talvez, isso desimporte. Quero apenas ser resgate de um tempo passado, mas ainda não findo dentro de mim.

Eu era pequeno: tempo ainda de cachos loiros, tempo ainda de muita tristeza no olhar.

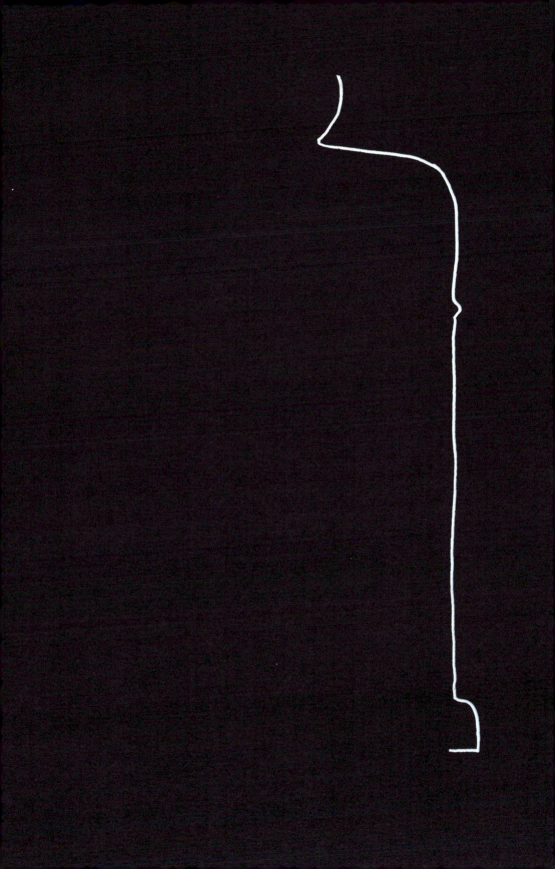

O PAI SEGUE COM OS FILHOS

pelas ruas de paralelepípedos. Os três sabem o destino: o campo de futebol. E o menino (dos filhos, o menor), embora desgoste de perder tempo de brincadeiras com os amigos de rua (o Cláudio havia convidado para desenharem HQ), sabe que os momentos para estar com o pai são minguados.

E, apesar da caminhada silenciosa — o irmão mais na frente, ansioso por chegar ao destino —, andar, apenas andar, ao lado do pai, que pisa firme as pedras, vale uma vida. É ter seu pai assim, só seu. E firme.

Não falam, mas ele sente a respiração do pai, o leve roçar de suas roupas nas roupas do pai, o cheiro ardido da fumaça do cigarro do pai, o pigarro do pai.

Caminham lado a lado e é sábado.

Embora o menino loiro saiba que foi incumbido de uma tarefa, esquece-a. Quer esquecê-la. Estar com o pai, apenas os dois, ultrapassa qualquer compromisso outro que alguém (mesmo que seja a mãe) lhe tenha determinado. O menino quer só, e plenamente, aproveitar aquele momento único.

Talvez esqueça sua tarefa pela mera impossibilidade de ser impedimento da liberdade do pai: a caminhada firme, o cigarro, o jogo. Assim, no bar do campo de futebol, aceita sem desconfiança o guaraná e o pacote de salgadinhos.

Quer acreditar na gratuidade do gesto: somente um pai fazendo agrado aos filhos. Deixa o pai ser apenas pai. Afasta-se até as arquibancadas de madeira escurecida pelo tempo. Sorve o doce do refrigerante, tritura num croc-croc saboroso os palitos salgados. Observa o irmão maior e duvida que ele tenha suas mesmas dores, duvida que ele se incomode tanto com o que o pai faz agora.

O menino emudece.

A seu lado, o pai e uma garrafa de cerveja. A primeira de muitas, sabe o menino, mas nada diz. Não conhece força para impedimento. É apenas filho, e o menor de todos.

Filho, vigie seu pai. Não deixe que ele beba. A mão da mãe em sua cabeça, as palavras que lhe davam um poder que ele sabia não ter. E nem querer.

O menino sabe que, ao retornar para casa, carregará as culpas do mundo, caso o pai não se controle (e ele não se controlará, o filho sente, o filho sabe) e beba mais e perca a firmeza. Terá vergonha, como sempre tem. Mas se sentirá, talvez, mais homem ao conduzir seu pai pela mão de volta para casa, após o jogo. Apesar do olhar reprovador que a mãe lançará aos três.

AQUELE GUARANÁ, LEMBRO, FICARÁ GUARDADO PARA SEMPRE EM minhas lembranças. Mas não pelo seu sabor adocicado. Não. O que será memória durante o resto da infância, durante o tempo de adolescer, será apenas o gosto ruim de não ter tido a coragem de impedir que meu pai bebesse e, gosto mais amargo ainda, a ausência de força para caminhar ao lado do homem trôpego.

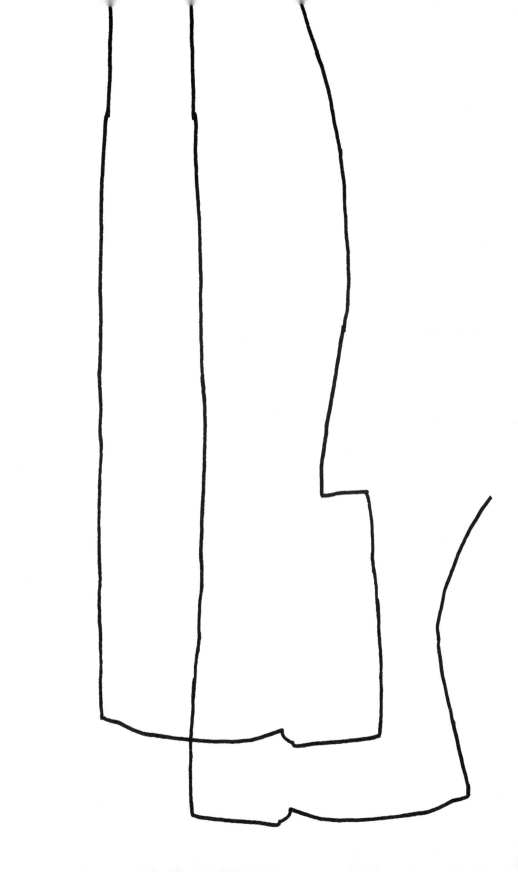

O MENINO CORREU NA FRENTE.

Queria se esconder no fundo mais fundo. Queria que não soubessem que ele existia, queria não ser filho daquele homem.

NUNCA VI MINHA MÃE BRIGAR COM MEU PAI.

Nunca ouvi nenhuma palavra de desagrado ou qualquer frase que desautorizasse o respeito paterno. O homem silencioso era nosso pai e a ele devíamos obediência. Sempre foi assim. Sempre.

Não sei se minha mãe o amava. Não sei se ela se mantinha casada por princípios religiosos ou pelo fato de que, naquela época, uma mulher separada não era bem vista socialmente. Quero sempre acreditar que era amor que a mantinha ligada a ele. Amor talvez não apenas pelo meu pai. Mas, sobretudo, pelos filhos. Separar-se significaria a ausência diária de meu pai à mesa.

Ruim com ele, pior sem ele, dizia tia Maria. Ela e suas frases de efeito. Ela e suas determinações. Nos últimos tempos que conviveu conosco, era mais muda. Ficava pelos cantos a rezar em frente à imagem de um santo que carregava um menino no colo. Não sei se Santo Antônio ou se São José. Não sei se algum outro santo carrega um menino no colo ou se só são esses dois. Esses eu sei que sim.

Meu pai também me carregou no colo. E eu já era adolescente. Um garoto de seus 12 anos. Acho.

O MENINO ATRAVESSA

o terreno baldio que no futuro virará uma praça, local em que ele porá, para sempre, um ponto final em sua primeira história de amor. Mas isso ele ainda desconhece. Agora corta caminho até o armazém pelo meio do mato rasteiro. Tem pressa. Sabe-se lá por quê.

Garotos recém-chegados à adolescência sempre têm pressa. Com o menino, não é diferente.

E é então que sente dor forte no pé direito. Dor de quase não conseguir pôr o pé no chão. E vê o sangue que escorre logo abaixo do tornozelo. A dor de algo que lhe havia penetrado a carne, do lado do pé, dor e ferimento estranhos.

Ao chegar em casa, a mãe lava a ferida, põe mertiolate, que era o que se punha em ferimentos de meninos e de meninas, então.

— Dói, mãe.

A mãe assopra.

— Logo passa.

E passa mesmo.

Porém, o que nem o menino, nem sua mãe sabiam é que por baixo da casca sequinha uma infecção se faria. O tudo só sendo compreendido quando, numa manhã, o menino acorda e o pé não é sustento para o corpo franzino.

Seu corpo oscila. Assim como o de seu pai, quando.

Dor de doer forte.

E o vergão. Tia Maria diz que, se chegar ao coração, é morte certa. O risco vermelho, quase arroxeado, que sai do pé e sobe pela perna até o joelho.

O menino chora ao se lembrar das palavras da tia.

— Chora não, menino. Seu pai leva você ao médico.

Olhos do menino erguidos veem o rosto do pai a espiar o seu pé. Sente as mãos frias dele, sente o cheiro meio doce de suor e vinho que vem dele, mas não se enoja. Depois, sente os braços do pai erguendo-o do chão.

O pai o conduz no colo até a parada de ônibus.

— O que o menino tem? — pergunta dona Helena, quando o homem passa com o filho no colo. Mãos quase garras em volta do pescoço do pai.

— Machucou o pé. Tá infeccionado. Acho.

O menino sorri para a vizinha. Sente-se um rei assim, nos braços do pai.

Sabe que o pai o leva ao Pronto-Socorro. Ouviu quando a mãe fez a recomendação. Teme que lhe deem uma injeção. A picada dói. Porém, temor algum é capaz de tirar a coragem que o colo do pai lhe oferta.

Que venham as injeções. Várias, muitas. Tomará todas sorrindo, afinal já tem 12 anos, já é quase um homem, assim como seu pai. E, um dia, sente que fará o mesmo: será o herói de suas filhas, as carregará no colo até o Pronto-Socorro e elas tomarão qualquer injeção, ou o remédio mais amargo, se preciso for, pois seu pai estará com elas.

SE MINHA MÃE TIVESSE ME FALADO

que meu pai, quando eu nasci, foi olhos de alegria imensa, com certeza eu lembraria. E, se lembrasse, seria certeza do ocorrido ou apenas história minha inventada por mim no desejo que já nascia de verter-me em palavras? Quis ser escritor. Mas nem sempre. Quem escreve, creio, tem a possibilidade de reinventar-se: no criar histórias — mesmo que de reis e de rainhas, de nuvem-bailarina, de carro de brinquedo feito de cor não apreciada — é que o escritor vai se fazendo.

Quando menino, nunca pensei em ser escritor.

Gostava de ler, é certo.

E esse gostar, hoje homem-adulto percebo, vem da imagem silenciosa de meu pai. Corpo largado no sofá, ficava ele horas entretido com os pequenos livros da série ZZ7. Neles, a espiã Brigitte Monfort enfrentava os vilões mais terríveis. Mestre na luta, no uso das armas, nos disfarces, Brigitte envolvia o menino que eu era com seu fascínio de mulher irresistível. Eu desconhecia, naquele tempo de infância, que mulheres como a espiã de olhos claros inexistem. Porém, a fantasia que ela inspirava me fez buscar outros livros, outras leituras. Me fez ver que o amor não escolhe heroínas, mas sim seres de carne e osso.

Meu pai era homem de carne e osso. Ele e seus silêncios. Será que Brigitte despertava no homem maduro que ele era, o mesmo que atiçava no menino que agora vejo sentar-se debaixo da bergamoteira em frente à casa e mergulhar na aventura nº 55, *O torpedo*?

PRIMEIRO, OS OLHOS

do menino vasculham a capa do pequeno volume. Nela, em primeiro plano, uma mulher veste algo semelhante a um maiô, de um azul quase preto. As pernas de fora, o rosto enigmático fita o menino. Faz convite para que ele abra o livro.

E ele abre:

— *Parece que todas as precauções foram tomadas, general.*

— *Absolutamente todas. Trata-se de um novo engenho que pode desempenhar papel importante numa guerra futura. É lógico, portanto, que tenha sido estudado até o último detalhe.*

— *Compreendo* — *disse a bela jovem, sorrindo.* — *E espero que tudo esteja na mais perfeita forma possível.*

— *Por que não?* — *sorriu, por sua vez, o general Harry T. Pearson.*

Viajavam num carro particular, todo negro, fechado.

O menino interrompe leitura. Fecha o livro, observa novamente a capa. Imagina a bela espiã no interior do carro e fica querendo adivinhar que perigos ela enfrentará em sua nova aventura.

Os passos do pai — ele sabe que aqueles passos são de seu pai — descem os poucos degraus da porta da casa e se dirigem ao portão. Seus olhos aguardam que a figura surja na linha que separa pátio e corredor. Fica à espera de que seus olhos se cruzem e de que seu pai sorria ao vê-lo ali, sob a árvore, com um livro da Brigitte nas mãos. Quer que ele se esqueça de sua pouca afetividade e se deixe sentar ao lado do filho. Braço por sobre seus ombros, se perderá em perguntas sobre o livro, sobre a escola, sobre a vida do filho mais novo.

Mas o pai pouco mantém os olhos nos olhos do filho. Dirige-se ao portão e se deixa ficar ali, meio distante (por que terras andarão seus pensamentos?), cigarro aceso esquecido entre os dedos.

Os olhos do menino na nuca de seu pai já não se lembram mais da aventura que Brigitte lhe oferta. Fica ele ali, também, perdido.

POR VEZES, NAS NOITES ESCURAS DE MEDO,

eu ficava a imaginar a madrugada de meu nascimento. Véspera de Natal. Talvez, tudo se preparando para a noite natalina e eu nascendo, meio estorvo, a atrapalhar planos familiares. Se é que havia. *Gente pobre como a gente*, resmungava tia Maria, *não tem direito de sonhar.*

Incomodavam-me muito aquelas palavras daquela velha agourenta. Todavia, naquela época eu não sabia o porquê. Aliás, quando se é pequeno – criança ou adolescente –, pouco se sabe do que se sabe. Mas sabe-se muito. Porém, esse saber fica escondido no tanto de fantasia e de sonho que essas fases contêm. Fantasia e tristeza, por vezes.

Será a tristeza a mãe da fantasia?

Seres tristes sonham mais. Ou não. Sei lá. Há coisas que nem quando chegamos à fase adulta compreendemos. A vida é uma pergunta enorme, repetitiva. Respostas surgem, mas nunca nos saciam.

Quando se é menor, no entanto, uma pequena mentira dada como resposta a uma interrogação é sempre remédio que aplaca a dor da alma.

Se minha mãe tivesse me falado que meu pai, quando eu nasci, foi sorriso de satisfação, foi certeza de amor virado gente, com certeza eu lembraria. Se não lembro, é porque minha mãe nada falou sobre isso.

Dizia apenas que eu fora seu presente mais belo de Natal.

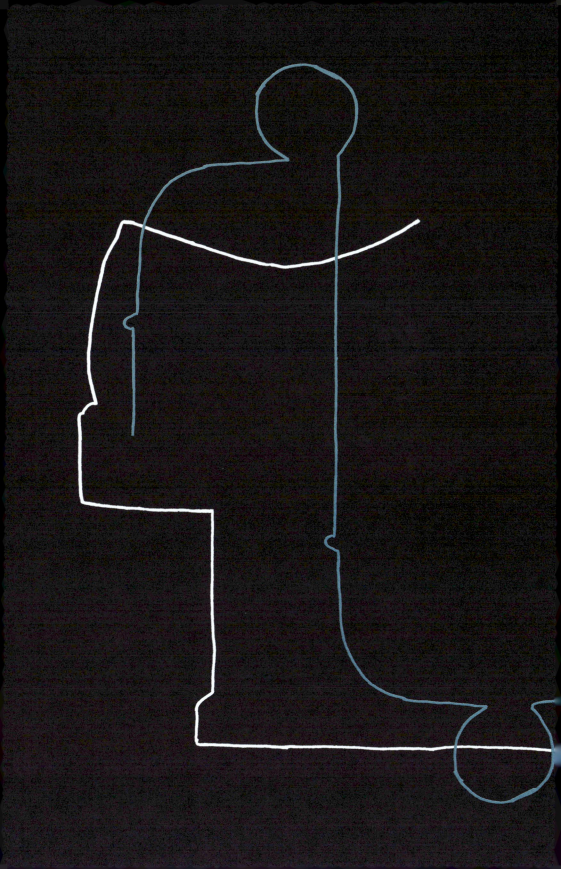

A MÃE FAZ CROCHÊ

nas beiradas de panos de prato brancos. Em cada um, borda com linha de cor diferente: vermelho, verde, azul, amarelo, marrom, roxo, branco, laranja. *Uma cor para cada dia da semana*, ela diz.

O menino então lança pergunta que talvez a mãe não espere:

— Mãe, quando eu nasci meu pai ficou feliz?

Ela não levanta a cabeça, não quer perder o ponto e ter que desfazer todo o crochê. Balança a cabeça, mas o menino não consegue perceber se aquele leve menear é afirmação ou negativa.

— Você nasceu na véspera de Natal. Bem na madrugada do dia 24. Lá pelas duas horas. Senti as dores e acordei seu pai. *Nosso filho vai nascer*, eu disse. E a gente correu pro hospital. Vizinho nos levando no carro dele, que ele era vizinho bom.

O menino ouve. E, em sua cabeça de fantasia, imagina a cena. O carro cortando ruas numa noite de chuva. A mãe não disse que chovia. Mas ele achou que, se chovesse, o trajeto até o hospital seria por demais interessante.

— Tava chovendo? — pergunta.

A mãe ri.

— Não, filho. Era noite de lua grande no céu. E estrelas. Noite que nem aquela em que nasceu o Menino Jesus.

— Mas eu nasci um dia antes, né?

— Aham. E foi o presente mais bonito que eu ganhei de Natal — diz a mãe, olhos de novo no crochê. Depois, coloca os panos sobre as coxas, pergunta: — Qual deles ficou mais bonito?

Os olhos do menino percorrem as barras crochetadas.

— O azul.

Então, levanta-se, afasta-se sem que a mulher pergunte aonde ele vai. As palavras da mãe nos ouvidos: *presente mais bonito*.

Os olhos se perdem no rosto refletido no espelho do banheiro. Se era o presente mais lindo, ficava imaginando como eram os outros presentes que a mãe ganhara um dia.

Sente pena dela.

O SILÊNCIO DE MEU PAI,

em dias de não bebida, também era convite à imaginação. Eu gostava de ficar perto dele, querendo, quem sabe, aprender a sabedoria do silenciar. E até acho que aprendi: nunca fui menino de muitos risos, de muitas correrias, de muitas traquinagens. Sempre apreciei mais a mudez, a observação. Talvez, por isso, tenha virado homem de palavras escritas e não das faladas. Penso, reflito, traço planos sobre o que devo dizer, mas acabo sempre guardando minhas falas num baú que fica, acho, dentro de mim, lacrado a não sei quantas chaves. Esse baú fui construindo durante minha infância.

Eu tinha medo do escuro.

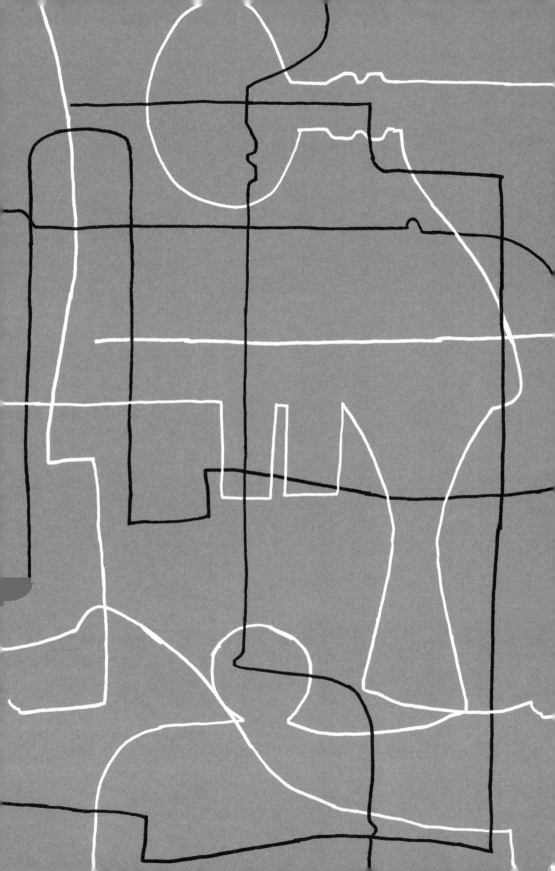

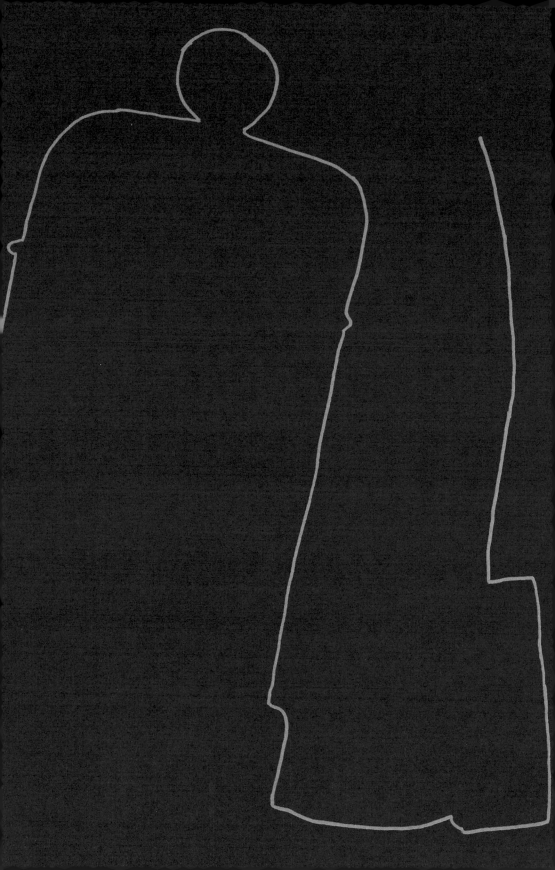

O MENINO TEME O ESCURO.

Teme que sua cama guarde, em seus embaixos, um universo de monstros. Os mais terríveis. Aqueles capazes de devorarem meninos medrosos sem dó nem piedade.

Por isso, o menino, quando acorda no meio da escura noite (e ele sempre acorda), aperta bem os olhos para não ceder à tentação.

Mas sempre cede.

Abre os olhos devagarzinho e espreita a escuridão. Sempre vê uma sombra ou outra vigiando-o. Quer gritar pela mãe. Nunca pelo pai. Mas teme que o grito possa atiçar mais ainda os seres do mal que habitam o debaixo da cama.

E se eu espiasse ali embaixo? E se eu enfrentasse eles? Mas o pensamento (talvez desejo do menino) nunca vira realidade.

Deixa-se ficar na cama. Nem o seu irmão chamará. O irmão ressona tranquilo, livre de qualquer medo.

O irmão já é menino-grande. Ele não.

Por isso, morde a mão e deixa que o líquido quente que sai de dentro de si molhe os lençóis e o colchão. Sabe que a mãe o xingará por causa disso. Sabe que os irmãos irão chamá-lo de mijão. Mas que mais pode fazer diante do medo que o assombra?

POR VEZES, AINDA ESCUTO UMA OU OUTRA HISTÓRIA

de medo que minha mãe contava à noite. Eram histórias terríveis, de mortos-vivos, de mulas sem cabeça, de seres do além. Ainda hoje as carrego comigo. O medo, não sei quando, virou fascínio.

Mas, o bom é que esse medo não transmiti para minhas filhas. Elas não temem o escuro. Acho até que nem os seres do além as apavoram.

O MENINO ESCUTA

a história. Os irmãos também. O escuro da sala só é quebrado pela voz sussurrante da mãe e pelo fogo vermelho na ponta do cigarro do pai.

O menino, conforme a mãe narra, vê a jovem fugindo da fera através do mato, a boca do bicho mordendo o seu vestido, ela escondendo-se sobre uma árvore até o dia amanhecer.

— E então ela chegou em casa. Vinha apavorada por ter enfrentado o Lobisomem. Aí, da cama, o belo marido lhe sorriu. E então.

A mãe faz suspensão. Interrompe a narrativa. Olhos nos olhos do pai do menino que, afastado do grupo, cigarro entre os dedos, bebe um copo de vinho (*Só um copo*, dissera a mãe, e o pai, naquele momento, serve o terceiro. O filho caçula contou.) e aguarda — como os pequenos — a revelação final.

O menino sente o coração bater no peito: o próprio marido da jovem era o Lobisomem, é o que a mãe acaba de dizer. No sorriso, entre os dentes, a mulher viu restos do fio de seu vestido que, na fuga, a fera mordera.

HAVIA VEZES EM QUE

minha mãe se rendia aos apelos (ou ordens) de meu pai e, para que ele não saísse pros bares, mandava um dos filhos ao armazém comprar um litro de vinho. A promessa do pai é de que beberia apenas um copo. Promessa que, todavia, ele jamais conseguia cumprir. Ela sabia, os filhos também.

O MENINO CAMINHA DE VOLTA PARA CASA.

Abraça contra o peito a garrafa de vinho. Sabe que o pai, ao beber, ficará falante, contará histórias de seu tempo de quartel ou da época em que saía com amigos para pescarias ou jogos de futebol.

O menino não gosta daquele pai não silencioso. Sabe que aquele falar não é ele; sabe que o vinho é que o deixa assim: solto, tonto, bêbado.

Decide, então, o menino, algo que talvez já tenha decidido há muito tempo, mas ainda não sabia de tal decisão. Decide que jamais pedirá a um filho para lhe comprar bebidas. Decide que jamais alguém o verá tonto, bobo, trôpego, bêbado. Promessa que cumprirá. Promessa para si mesmo.

Por isso, o abraço na garrafa que carrega não é gesto de amor ou de proteção. É apenas vergonha. Vergonhosa vergonha. Vergonha de que seus amigos o vejam e saibam (como se já não o soubessem) que seu pai bebe.

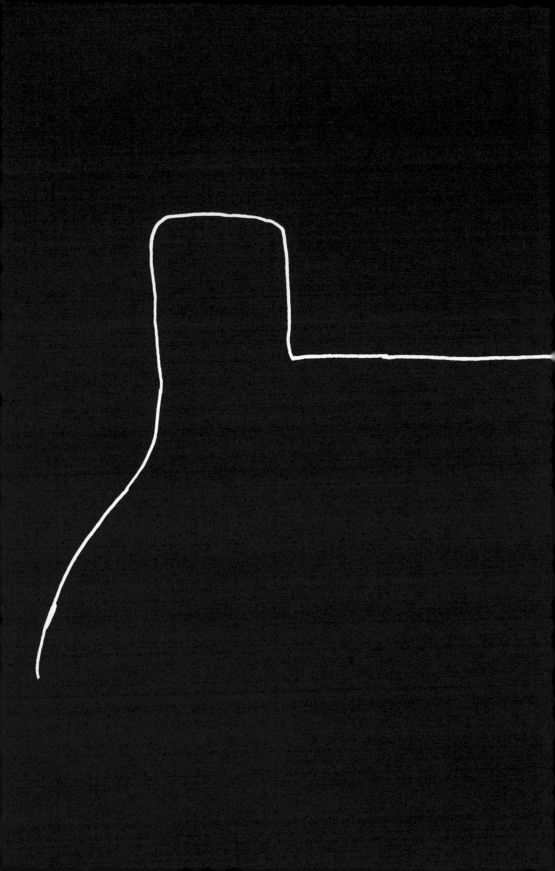

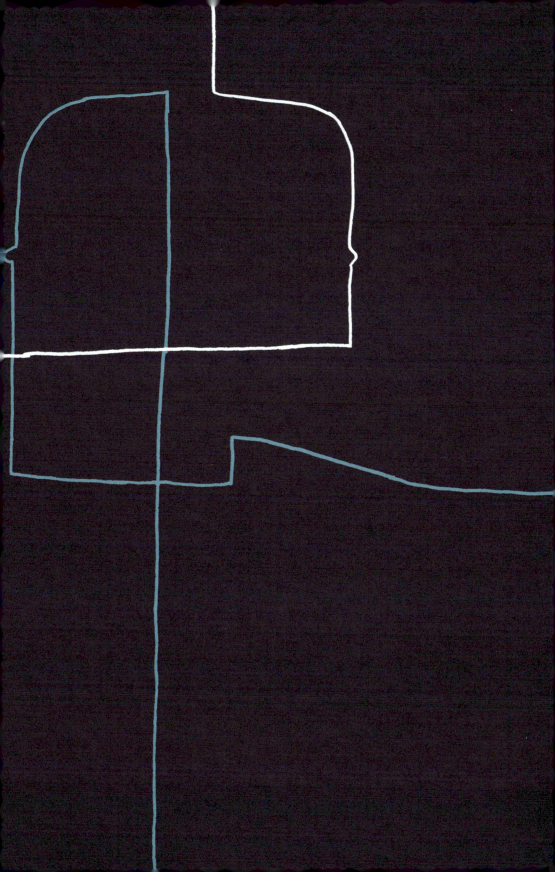

NASCI NA VÉSPERA DO NATAL.

Fui presente para minha mãe. Pelo menos, era o que ela dizia. Podia ter me chamado Natalício ou Natanael. Parece até que tal possibilidade foi levantada por meus pais. Porém, sei lá como, eles sabiam que eu seria o último filho, o caçula da turma de sete irmãos.

Assim.

Não virei Natanael, nem Natalício.

No registro de nascimento, trago o mesmo nome que meu pai.

TALVEZ POR TER O MESMO NOME DO PAI,

coisa que por vezes o menino esquece, visto que tem um apelido, apelido-quase-nome, ele aguarda que o pai erga os olhos da aventura da Brigitte Monfort e perceba que seu filho caçula também lê. Também lê uma aventura da espiã de olhos claros e cabelos negros.

Mas o pai está mergulhado na leitura.

O menino suspira, volta os olhos para seu livro também. Bom é isso de partilhar mesmo espaço de leitura com seu pai. Mesmo que palavras não sejam ditas; mesmo que o homem não perceba.

HOJE É DIA DE IR PRA ESCOLA,

foram as palavras da minha mãe naquela manhã, cinco de março. Eu sorri. Já sabia. Como poderia afinal ter esquecido que na manhã do dia seguinte seguiria, cadernos, pasta, e atravessaria o portão do colégio que ficava lá no fim da rua? E, naquele tempo, o fim da rua parecia muito distante. Uma vida até.

Estranho. Apesar da expectativa que lembro ter tido, não recordo de nenhum detalhe daquela manhã inaugural na minha vida de estudante. Lembro apenas que, na noite anterior, meu pai chegou trôpego em casa. E que a carteira que deveria conter o salário do mês anterior estava vazia. Lembro também que minha mãe não gritou com ele, não chorou, não disse nada.

Eu já sabia, naquele momento, que na manhã seguinte meu pai não estaria em condições de me acompanhar à escola.

Crianças têm lá suas sabedorias, seus entendimentos da vida.

A RUA PARECE UM CAMINHO SEM FIM PARA O MENINO.

Mas ele avança. Vai sozinho, um aperto no coração que se mistura com certa expectativa. Escuta um grito atrás de si. Uma das irmãs se aproxima, segura sua mão.

— Vamos — diz ela. — Eu vou com você.

Ele aperta a mão da irmã. Se sente mais seguro. Os pés em chinelos havaianas firmam mais no chão de paralelepípedos.

— Você devia ter esperado — diz ela.

Mas o menino não diz nada. Apenas observa o tanto de outros meninos e meninas que entram pelo grande portão de madeira. Aquelas pessoas que os conduzem serão irmãs ou irmãos deles? Duvida. Tudo pai e mãe. Só pode.

O menino veste roupa de domingo.

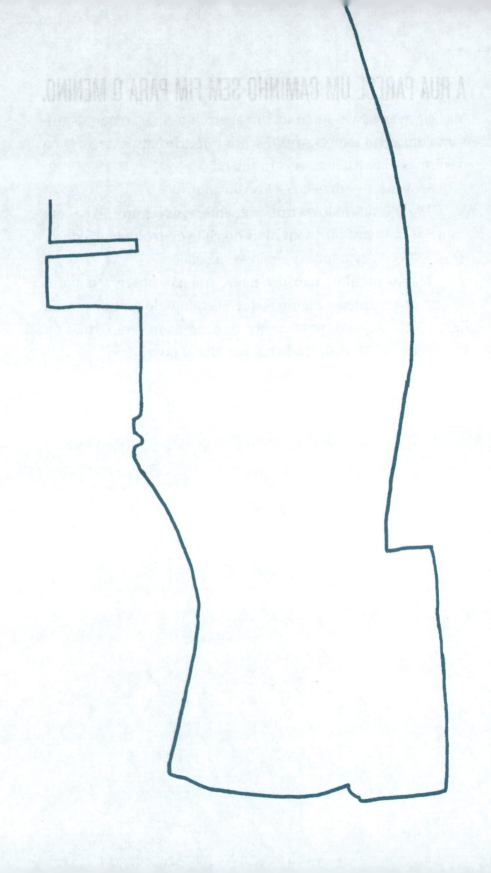

O COLÉGIO FOI TEMPO BOM.

Tempo de encontro com novos colegas. Tempo de descoberta dos livros. Havia uma biblioteca na escola. Não recordo se era enorme, repleta de livros ou se tinha uma ou outra estante. Disso não lembro. Lembro apenas que era meu refúgio na hora do recreio.

Refúgio, talvez, de mim mesmo.

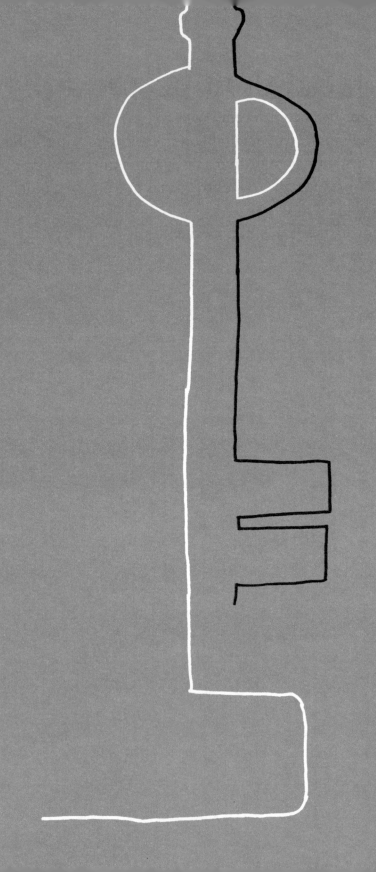

OS OLHOS DO MENINO PASSEIAM

pelas estantes de aço cinza. Interessam-lhe não os livros de estudo: matemática, português, geografia. Quer aqueles de aventuras, aqueles que lhe ofertam um mundo com fantasia, mundo bem diferente daquele em que ele vive.

Um título chama a atenção do menino: *A vaca voadora*. Ri consigo mesmo. Seria tão bom possuir uma vaca como aquela. Seria. Quando qualquer problema surgisse, quando seu pai bebesse, quando ele ficasse cheio de vergonha de ser quem era, bastava montar na vaca e voar. Imaginar que era Aladim em seu tapete. Viajar por um céu bem azul, céu de brigadeiro (coisa que a mãe dizia ao ver o céu ausente de nuvens). Ser livre. E, para isso, precisava tão pouco. Apenas ter uma vaca voadora.

A VACA.

Sempre quis escrever uma história de vaca. Há pouco o fiz. Porém, a minha não voa. Ela canta.

Escrever é sempre trazer um pouco do que a gente foi. Como faço agora ao tentar ser memória de um tempo findo, mas ainda vivo em mim.

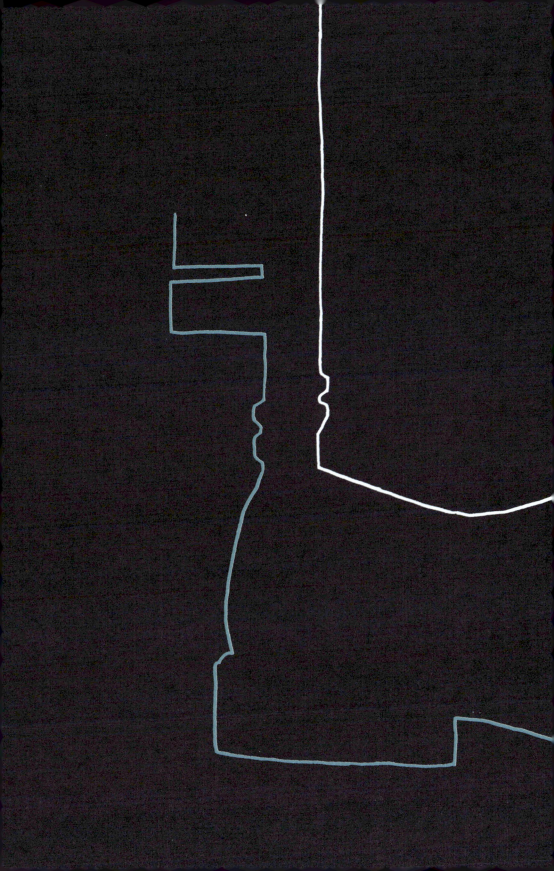

FINAL DE ANO E A PROFESSORA ENTRA NA SALA SORRIDENTE.

O menino gosta do sorriso dela. Gosta das sardas que pintam seu rosto com certas tintas da infância e a fazem parecer um moleque, assim como eles. Mas não. Ela é a professora. Aquela que o obrigou a ler em voz alta.

Ele sabia ler.

Ela sabia que ele sabia.

No futuro, o menino entenderá que a professora estava apenas cumprindo sua função, seu objetivo. No futuro, o menino, além de ser um homem que amará as palavras, também será professor. Também amargará em seu coração situações de injustiça. Realizadas e sofridas.

Pois então a professora Zaira disse:

— Agora é a sua vez de ler em voz alta.

O menino sentiu que ela estava decidida. Que não aceitaria mais suas negativas. Tentou ler, e a vergonha vinda sabe-se lá de onde virou rainha, dominadora, senhora absoluta daquela sala de aula.

O menino não conseguiu conter as lágrimas. Lia e chorava, chorava e lia. Não sabia direito que dores o faziam verter as lágrimas que pingavam sobre o livro-texto. Chorava apenas. Chorava talvez por lembrar de como seu pai chegara em casa na noite anterior: cheiro adocicado de cachaça, carregado nos braços por uns vizinhos.

Leu o texto até o fim.

Leu entre arrancos de soluços que impediam as palavras. Mas leu.

A professora, olhos baixos, repleta de vergonha ela também, agradeceu e continuou a aula. Na sala, um tanto de tristeza, cena, quem sabe, ainda hoje gravada na memória daquelas crianças e daquela professora.

Todavia, aquilo é passado. Por vezes, crianças esquecem maldades. Por vezes, são como cães que, mesmo a mão do dono batendo neles, expressam a maior fidelidade. São capazes de proteger com a própria vida aquele que os maltrata.

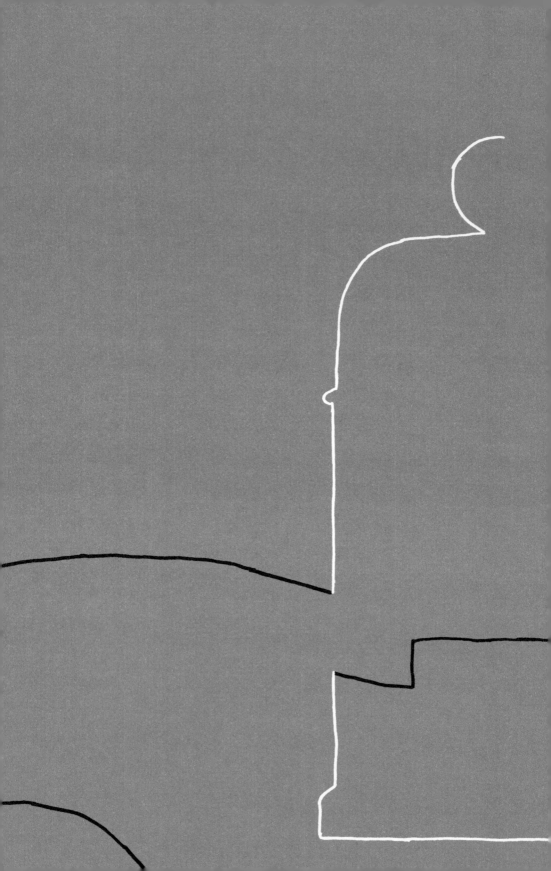

O TEMPO AGORA É OUTRO: TEMPO DE FINAL DE ANO.

A professora sorri; as crianças também. Até o menino esboça sorriso embora deseje que as férias não cheguem nunca. A escola fechada é certeza de que os livros ficarão guardados na biblioteca até o próximo março.

Pois a professora lá na frente diz que irá presentear os melhores alunos do ano. Aqueles que haviam obtido as melhores notas e o melhor aproveitamento.

De nota, o menino entende. Porém, sobre aquilo de aproveitamento ele não tem a menor noção. Mas se ela presenteará alguém que tenha tido bom aproveitamento, significa que é algo bom.

Um colega é chamado. Tirou o terceiro lugar. Recebe um abraço da professora e um presente. Depois, ela diz o que o menino jamais pensou que um dia ela diria. Chama o nome dele. Com todas as vogais e consoantes. Nome duplo. O mesmo do pai dele.

— Você tirou o segundo lugar — ela fala e lhe estende um pacote.

Basta tocá-lo para que ele desvende o tudo que aquele embrulho contém: um livro. A professora o presenteou com um livro. Então, ele vai ao encontro dela e lhe dá o abraço mais sincero e mais forte que jamais deu em alguém em toda a sua vida. Abraço que gostaria, um dia, de ter dado em seu pai.

FOI O MEU PRIMEIRO LIVRO

aquele que a professora Zaira me deu. Não era como aqueles livrinhos de papel-jornal com as aventuras da Brigitte. Não. Era livro-livro: capa dura e colorida, ilustrações e tudo o mais que um livro possa ter.

O MENINO QUER MOSTRAR O SEU PRESENTE.

Quer dizer ao pai que ele foi um dos três melhores alunos da sala e que foi aprovado para o próximo ano letivo. Quer que o pai fique feliz assim como ele está feliz.

Porém, o pai ressona no sofá.

O menino aproxima-se, pé ante pé. Não quer perturbar o descanso do pai em sua tarde de folga. Deixa o livro e o boletim sobre uma cadeira, bem diante do rosto dele. Quando acordar, não terá como deixar de vê-los. E, então, entenderá a felicidade que seu filho quer compartilhar com ele.

Assim, pelo menos, pensa o menino.

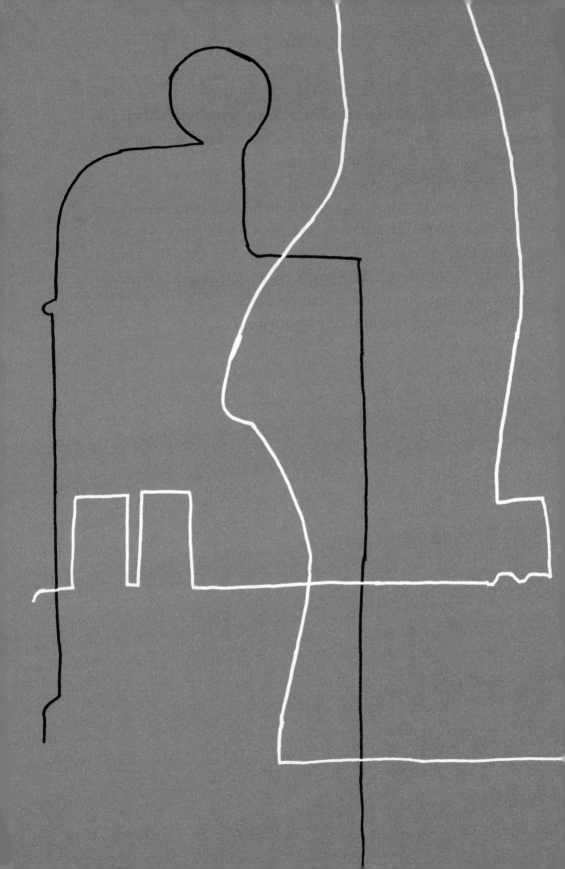

QUANDO SE PENSA EM SI MESMO,

quando se pensa na própria vida, as lembranças surgem fora de ordem, fora de ritmo. E, por vezes, um tanto de imaginação se torna necessário para preencher os vazios que vão ficando.

Cenas aparecem chamadas pela memória e pelo coração. As que vêm pelo coração (quer pela felicidade, quer pela dor que suscitam) parecem ser as que se fixam mais e que desejam virar palavra na folha branca do papel.

Nunca pensei que falaria de mim e de meu pai num livro. A vida é sempre surpresa. Pro bem, como quando ganhei o livro *Aventuras em Gatópolis*, da professora Zaira, ou pra dor, como quando minha mãe foi chamada na escola em virtude do que eu dissera sobre meu pai.

PROFESSORA (NÃO A ZAIRA, OUTRA):

— Sabe que eu acho você meio triste?

Menino:

— Eu sou mesmo triste.

Professora:

— Jura?

Menino:

— Não juro porque a tia Maria, e a minha mãe também, dizem que a gente não deve jurar. Deve dizer a verdade e pronto.

Professora:

— Sei. Acho que elas têm razão.

Menino:

— Mas a tia Maria não mora mais com a gente. Ainda bem.

Professora, sorrindo:

— E por quê?

Menino:

— Ela era muito chata.

Professora:

— Eu também tenho uma tia muito chata. Acho que todo mundo tem.

Menino:

— É. Pode ser.

Professora:

— Bem, mas afinal por que mesmo você é triste?

Menino:

— Coisas lá de casa que eu não quero falar.

Professora:

— Sei. Bem, então, quem sabe a gente fala de outras coisas mais legais. Por exemplo: o que você gosta de fazer em casa, quando não tem que estudar?

Menino:

— Eu gosto de ler. O meu pai também gosta. E a minha irmã mais velha. Só nós.

Professora:

— Ah, e me diz outra coisa: se pudesse mudar algo em sua família, você mudaria o quê?

Menino:

— Eu fazia o meu pai parar de beber.

ACHO QUE FOI A PRIMEIRA VEZ

que vi meu pai chorar. Ele chorou, cabeça baixa na mesa. A mãe tinha dito que havia sido chamada à escola e que a professora dissera qual era o meu maior sonho familiar: que meu pai não mais bebesse.

Ele chorou ali, sozinho, sentado à mesa. Chorou sem que eu tivesse coragem de me aproximar e de dizer tudo o que meu coração gritava: *Pai, não chora. A professora se enganou, não foi bem assim que eu falei.* Acho que meu pai sentiu vergonha de mim. Ou vergonha de si mesmo. Não sei. Aquela mesma vergonha, talvez, que durante muitos anos eu tive dele.

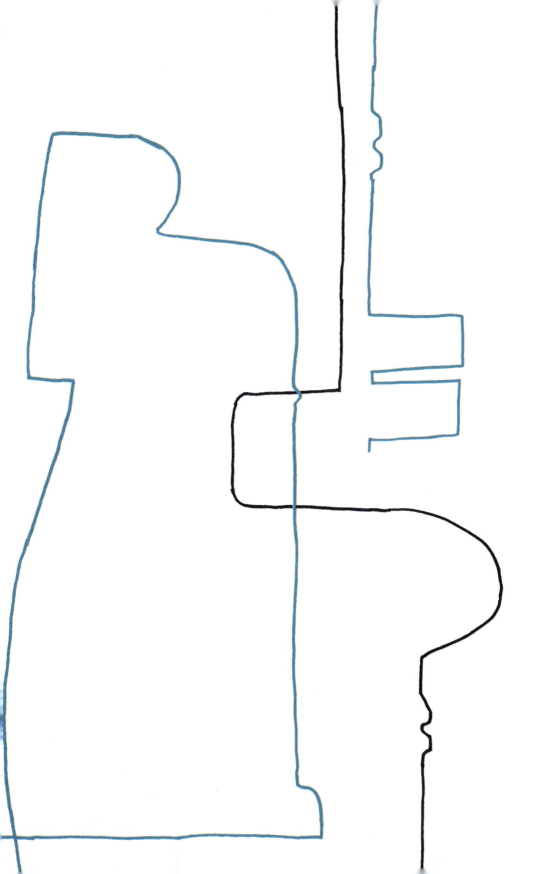

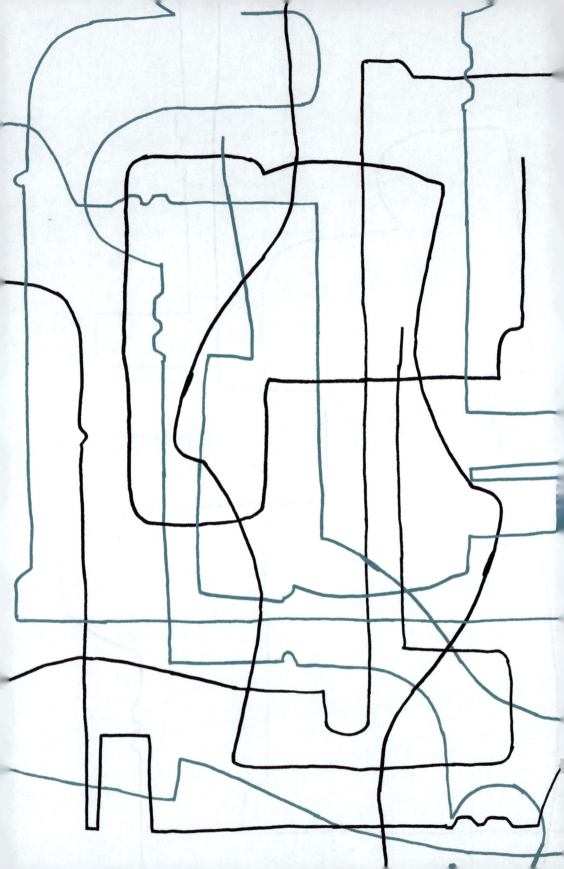

O MENINO É UM GAROTO.

Deve ter seus treze ou quatorze anos. Rosto sério, meio sombrio, espera no portão. Sabe que o pai logo descerá do ônibus e sabe que dele depende seu estado de ânimo, seu desejo de sair para a rua e brincar com os amigos.

Se o pé do seu pai pisar firme no chão da calçada, um suspiro de alívio brotará de dentro do garoto, e ele, quem sabe, até sorrirá. Seu pai estará são, sem nada de álcool no corpo. Um pai como os de seus colegas. E aí, sim, meio cavalo liberto do potreiro, ele se sentirá livre para ganhar a rua e as brincadeiras com os colegas.

Todavia, se o pé do seu pai falsear meio desnorteado, parecendo não saber direito onde pisar, e se seu corpo avançar um pouco inclinado para o lado, passo cambaleante, pernas bambas, olhar tentando ser firme para não perder o destino, o garoto não dirá nada. O rosto se tornará mais sombrio e ele entrará em casa, procurará o canto mais escondido do pequeno pátio, a fim de não ver o pai quando ele cruzar o portão.

Os olhos do menino fitam a rua, fitam o ônibus, procuram o pai entre as pessoas que descem.

A rua e os amigos ficam adiados para quem sabe quando.

RECORDO MUITO MAIS DE MINHA MÃE

nos castigar ou nos bater do que do meu pai. Forço a memória e nenhuma imagem de sua mão batendo em mim surge.

Todavia.

A lembrança de um jantar me machuca. Meu pai contava qualquer coisa para uns parentes nossos que nos visitavam. Minha irmã contestou o dito. Meu pai estava sóbrio, acho. E ele era, quando sóbrio, aquele tipo de homem que não admite que seus filhos o corrijam, o questionem. Pois então.

PAI, NÃO FOI BEM ASSIM,

diz a irmã do menino. E o trágico faz-se rápido. Não há qualquer palavra de admoestação, apenas a mão se ergue (mão pesada, pensa o menino) e choca-se contra o rosto da irmã, contra os lábios da irmã.

Sangue e vergonha em torno da mesa.

E o menino sente uma raiva tão grande, tão infinita, tão dolorida, como se aquela agressão tivesse sido em sua própria carne.

SEMPRE, DURANTE VÁRIOS ANOS DE MINHA VIDA,

imaginei o ódio de minha irmã. O desejo de que nosso pai morresse, de que caísse fuzilado por um raio divino, seco, virado só pó, ou que fosse encontrado frio em alguma sarjeta qualquer. E ela livre daquele fardo tão pesado de, aos nove anos de idade — a filha mais velha — ter que começar a trabalhar em casas de família como doméstica, já que — muitas vezes — as bebedeiras do pai o faziam chegar em casa sem um mísero tostão do salário que acabara de receber.

Minha irmã, uma criança ainda, tendo que esquecer as bonecas (poucas, é verdade, divididas com as irmãs, é verdade) para lavar louça, varrer casa, limpar banheiro ou bundas de bebês, e sabe-se lá mais o quê. Meu pai, esquecido de tudo isso, bateu no rosto dela apenas porque ela quis ajudá-lo, quis consertar uma bobagem que ele dizia. E ele bateu nela. A mão pesada fez sangue sair da boca da minha irmã.

E se ela não o odiou, por achar que ele era seu pai e devia saber o que estava fazendo, eu o odiei. Não era certo. A mão pesada no rosto da filha já moça era tremenda humilhação.

SE A IRMÃ MAIS VELHA,

fugida da mesa pela dor da vergonha e do sangue, não quis ver o pai morto naquele preciso instante em que as vozes silenciaram em torno da mesa, o menino quer. E aquele desejo é dor forte dentro de si.

DE FATO, MEU PAI NÃO ERA HOMEM DE MUITOS AFETOS.

Talvez, nossa família toda. O zelo se expressava muito mais no cuidado físico do que em abraços carinhosos. Mais em silêncios do que em palavras de apoio e de alegria.

Assim, fomos crescendo meio isolados, meio à parte um do outro, embora as conquistas de cada um (que não foram muito grandiosas), com certeza, felicitassem nossos corações.

Mas pouco dizíamos, e as palavras, hoje sei, são de importante verbalização. Ouvir é mais do que intuir o sentimento.

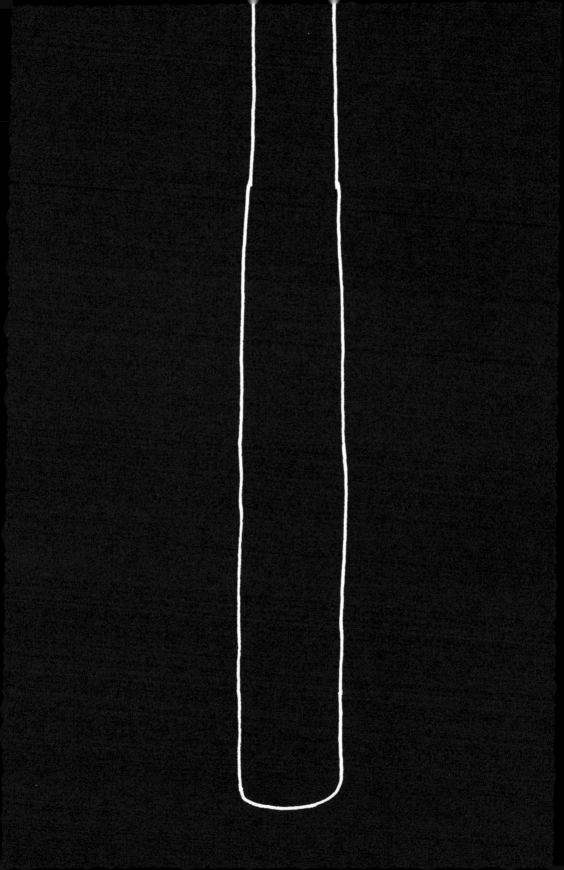

SE AS FÉRIAS SÃO DESAGRADO

para o menino, pois são tempo para ficar em casa, sem livros, sem viagens, um ou outro domingo na casa do tio Jorge, tão pobre quanto eles, o retorno às aulas também traz pouca alegria. Não pelas aulas ou pelo estudo, que disso o menino gosta. O que lhe causa tanta aflição é a falta de criatividade das professoras que, ano após ano, solicitam sempre a mesma tarefa no primeiro dia de aula.

A professora entra na sala e (não importa que rosto tenha) apresenta-se, sorri e com uma voz de fada, voz de primeiro dia de aula, escreve no quadro a sentença detestável: *Minhas Férias*.

A tarefa é simples, diz ela. *Escrevam sobre o que fizeram nas férias*.

O menino é suspiro (em sua vida, ele desconhece ainda, muitos outros momentos terá para suspirar. E de tanto suspiro, aprenderá a criar uma casca-carapaça, tipo tartaruga, para se proteger daquela sina suspirante). Os olhos da imaginação dão as tintas do texto e o menino se põe a contar as aventuras no sítio do avô: anda no cavalo alazão do avô; pesca lambaris no açude com o avô; toma banho de rio no rio que corre por dentro das terras do avô; colhe frutas no pomar plantado pelo próprio avô.

Um avô e um sítio que só existem na sua fantasia. Só lá. E lá, este avô tão especial é pai do pai do menino. E lá, no sítio do texto, seu pai é homem de correr pelos campos com o filho menor, é pai de carregar filho na cacunda. É homem firme, rijo, seguro. E ri, e brinca, e conta as mais incríveis histórias. E joga bola, e sonha, e diz pro seu filho que ele será um grande homem.

O menino acredita.

ÀS VEZES, ACREDITO QUE

o embrião do meu desejo de escrita veio dessas redações fantasiadas. Mas não posso afirmar com certeza. E nem quero. Muitas são as respostas possíveis para uma mesma pergunta. Dependem apenas do olho de quem vê.

É MANHÃ DO DIA 24 DE DEZEMBRO.

Quantos anos mesmo? O menino (algo que ele levará para sempre em sua vida) não gosta muito de contar o tempo. Parece que viver é mesmo estar sempre caminhando em direção ao fim, à morte.

A morte desgosta o menino, amedronta-o.

Assim, fazer aniversário é sempre certeza de que mais um ano se foi. Mais um. Por vezes, ele até pensa que idade terá no ano 2000. Faz as contas nos dedos e imagina seu futuro: esposa, filhos. O que estará fazendo? O futuro o amedronta também. Não quer para si a família que tem, nem quer ser o pai que seu pai é. Quer ser capaz de abraços livres, quer ser capaz de se entregar ao que sente. Sempre e sempre.

É manhã do dia 24.

O garoto sabe que lá na sala o pai e a mãe o aguardam: ela ocupada com o almoço, ele (agora aposentado) vendo algum programa qualquer na tevê ou varrendo o pátio. Por isso, adia levantar-se. Mas sabe que.

Na sala, a mãe o abraça, traz em si os temperos do almoço. O pai se aproxima, e o garoto já sabe tudo o que ocorrerá, o que sempre ocorre. O abraço frio, um leve tapinha nas costas e aquelas duas palavras desnecessárias.

Sente o abraço frio do pai, sente nas costas três tapinhas que se pretendem afetuosos e as palavras-conselho-inútil:

— Juízo, hein?

E ele era ajuizado, talvez até em demasia. Não teria o pai outras palavras a lhe dizer? Ele tinha tantas coisas que queria ouvir.

É manhã.

JUÍZO, HEIN?

Essas palavras ainda ecoam em mim hoje. E na vida impediram o desejo de desajuizamento que por vezes nascia no garoto, no jovem, no homem. Sempre as palavras do meu pai como espécie de mantra aprisionador.

Ainda não sei se devo agradecê-las.

É ANIVERSÁRIO DO MENINO.

Na mesa, uma torta, alguns sanduíches feitos pela própria mãe e sagu. Poucos colegas, como sempre. A data é de confraternizar com as famílias, a data é de aguardar que o bom velhinho entre pela chaminé trazendo seus presentes. Quem foi bom filho receberá o seu.

Todavia, naquele ano, nada há de presente sob a árvore toscamente enfeitada. Mas o menino sabe que foi bom filho. Ou não? O fato de, por vezes, envergonhar-se do pai faria dele um péssimo filho? Um não merecedor de presente? De nenhum presente?

O menino é dor, é choro, é silêncio sentado num canto da sala.

E, então, dá-se o milagre: pela janela aberta, voa para dentro da sala um carro de plástico. Grande, verde, rodas pretas e largas, igual àquele que ele havia visto pendurado no armazém Dois Irmãos e que desejara tanto. *Ah, Papai Noel, bem que você podia me trazer um carro desses, hein?* Pensou até em enviar uma carta para o velho barrigudo de barbas brancas. Porém, desconhecia o endereço. Bastaria escrever Polo Norte no destinatário? Na dúvida, quis acreditar que bastava expressar desejo para que Noel ouvisse. Afinal, a mãe não dizia que ele sempre tinha alguma rena ou algum duende espionando o comportamento das crianças?

O menino corre, abraça o brinquedo. E, ali, no dia 25, o Natal se faz pra ele.

AQUELE NATAL-ANIVERSÁRIO VIRA E MEXE ME VEM À MENTE.

Não havia dinheiro para presentes. Claro que isso eu desconhecia. Nada entendia, creio, desta história de que o Papai Noel só traz presente aos filhos dos pais que dinheiro têm para pagar. Assim, quando a noite foi chegando e sob a árvore natalina — galho-graveto retirado de árvore do pátio, pintado de prateado, bolas coloridas penduradas e algodão simulando neve — não havia pacote algum, entristeci. Talvez até chorar tenha chorado. Só recordo a dor do vazio de presentes. Só ela. E, quando tudo parecia ser apenas sofrimento, uma sombra se esgueirou pelo pátio e jogou pela janela da sala um carro de plástico. Carrinho de corrida, verde, rodas pretas. E, pela janela do quarto, um outro carro era jogado. Apenas a cor diferente: azul.

Corremos, eu e meu irmão. Era Natal.

A sombra devia ser o Papai Noel, que, como explicou sabiamente minha mãe, teria se atrasado e nem tempo de embrulhar os presentes tivera.

Quanta alegria meus olhos de criança devem ter expressado.

Depois, bem mais tarde, certamente quando a mágica da fantasia do Natal já havia sido assassinada pela perda da inocência, foi que eu soube a verdade: minha mãe e meu pai, diante da nossa tristeza de uma noite sem presentes, foram ao armazém e compraram fiado os dois carrinhos.

QUANDO O PAI ENTRA PELA PORTA,

o menino e seu irmão correm para ele. Mostram os presentes. Mostram que o Papai Noel não se esqueceu deles, que eles não foram maus filhos.

— A mãe disse que o Papai Noel se atrasou. É muita criança que pede presente.

Os olhos do menino encontram os do pai e ele julga ver um brilho diferente naquele olhar curtido pela vida.

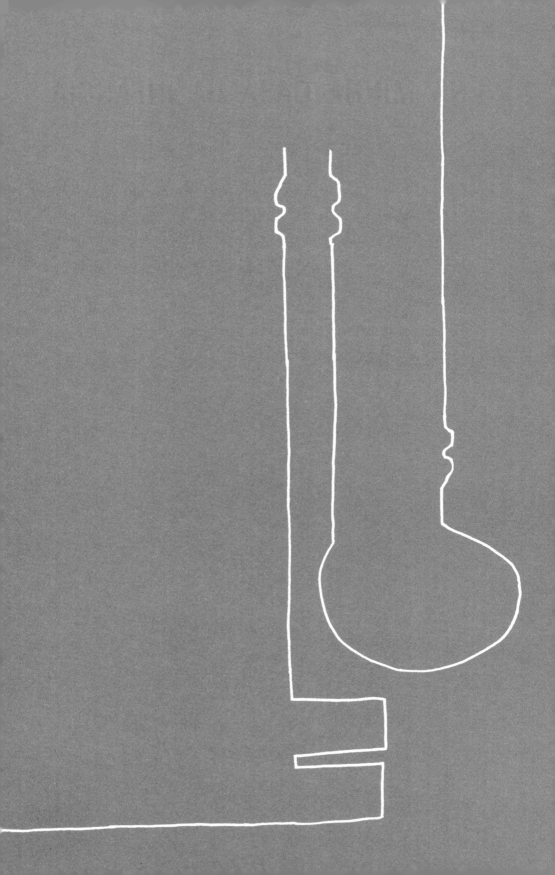

NA MINHA CASA DA INFÂNCIA,

havia também um pé de bergamotas, em cuja sombra eu gostava de ler. Foi meu pai que a plantou. Até hoje o sumo do gomo de uma bergamota me traz a imagem daquela árvore frondosa em frente à casa que nos presenteava com frutos muito doces.

Minha casa de agora também tem uma bergamoteira. E, talvez, a decisão por sua compra tenha se definido quando cheguei aos fundos da casa e me deparei com aquela árvore toda enfeitada de frutos amarelados.

Não sei se foi bem assim, mas se não foi, invento como gostaria de ter sido a minha história, a de meu pai e a da bergamoteira. Memórias, afinal, têm seu tanto de imaginação. E esse tanto é o que as torna especiais.

A CASA DO MENINO É SIMPLES.

Poucos cômodos para uma família grande como a dele. Mas casa com pátio e jardim. E, em frente à janela, seu pai plantou uma bergamoteira. Disse que ela viraria árvore de dar sombra e frutos.

E foi assim.

Menino, ele acompanha sua primeira florada. Quase pingos de neve a pontilhar os galhos. Desejo de que virem frutos nascendo forte neles. Bergamotas são suas frutas preferidas: o lento descascar, sumo ardido nos olhos; os gomos, promessas de mel e de suco; as sementes cuspidas no chão, alimento para pássaros e formigas.

Certo dia, bem no nascer da manhã, o menino vê um sol pequeno encimando galho esverdeado em folhas. Lá, no alto, a primeira bergamota é madureza e convite. Ele não titubeia. Vai ao encontro da árvore, entranha-se em seus galhos, embrenha-se em seu labirinto de folhas e de frutos, no desejo do toque naquela pequena esfera de ouro. Mas quando o braço esticado de mãos e de dedos já saboreia o toque, a dor de sangue é interrupção. Espinho tatuando marca no pulso.

E o menino grita. E é tombo, corpo estirado no chão, mãos de pai estendida, boca segredando verdade:

— Bergamoteiras têm espinhos.

Têm sim, percebe o garoto. O risco vermelho no braço, o olho molhado, o rosto erguido para aquela que no alto segue majestosa e dourada. Seu pai lhe revela o sabido. Aquilo que o desejo de posse não deixou perceber: *Bergamoteiras têm espinhos*. E espinhos doem. Maneira, talvez, de a árvore proteger seus doces frutos.

E depois de crescido, homem grande já, um dia o menino retomará a aventura. Suas filhas lá embaixo, orgulhosas do pai, que subirá nos galhos e encherá os bolsos de bergamotas amarelas. Uma ou outra, ele deixará cair nas mãos das filhas, que as acolherão como alguém que futura carinhos em outras peles sedosas. E seus olhos pedirão, as bocas também, para que o pai lhes permita a subida. Mas nem tudo são delícias ali em cima, saberá o pai, e como o pai dele, deixará que suas meninas sejam espera.

— Bergamoteiras têm espinhos, filhas.

O tempo de elas subirem não é ainda.

O MENINO, NÃO MAIS

menino, sente o toque do pai, escuta a voz do pai. E ela diz que a mãe não está bem. O menino, quase um homem, corre ao quarto da mãe. Escuta seu coração, ele não bate.

O pai, quase estátua, olhos de medo, busca apoio na parede.

É madrugada numa rua de um bairro qualquer em Porto Alegre.

Pai e filho irmanados pela perda.

DEPOIS DISSO, MUITOS ANOS SE PASSARAM.

Mais de dez. A ausência da mãe (só então eu me dando conta de seu papel organizador daquela casa, que agora meu pai deixava com as portas e janelas abertas, mesmo durante a noite, talvez esperando que o ar noturno — que a levou — a trouxesse de volta) sendo sombra a impedir palavras e contatos. Eu, meus irmãos (os dois ainda não casados) e meu pai: quatro solitários numa mesma casa, sem palavras que verbalizassem a partida da mãe.

Nesse tempo, muito tentei ser proximidade, muito talvez tenha conseguido, não sei.

O que lembro é o entendimento de que meu pai não bebia porque queria, porque era sem-vergonha, fraco. Bebia por ser doente. E essa compreensão estabeleceu, creio, primeira ponte de tantas outras que tentaríamos estender um ao outro. Algumas firmes, outras nem tanto.

Lembro-me das reuniões de A.A. de que participei com ele. Lembro-me de seus períodos de sobriedade e de suas constantes recaídas. Da dor que isso me causava e do tanto de costume que foi se tornando.

Lembro-me de sua queda dentro de casa, num momento em que era homem sóbrio e de cuidados com a saúde, distante já há muito da bebida, num momento de espera de mais uma neta, agora filha de seu caçula. Lembro que, na queda, ele fraturou o fêmur. E veio a cirurgia, e vieram os dias de hospital, e veio a amputação.

Na ambulância que o conduziu ao hospital, eu era o único filho que estava com ele.

NO LEITO DE HOSPITAL, OS OLHOS AZUIS DOS DOIS SE ENCONTRAM.

Não mais um olhar clandestino. Mergulho no dentro do um e do outro. Olhar de entendimento. E, então, o menino — agora pai — descobre o que sempre soube sem saber que sabia: aquele homem o amava desde sempre.

Toca de leve, então, a mão magra de seu pai, e eles se deixam ficar assim: olhos nos olhos, mão na mão. Uma hora, um dia, um ano.

CAIO RITER

Nasci em 24 de dezembro e, de fato, minha mãe dizia que eu tinha sido seu presente de Natal mais querido. Mães são assim. Encantam-se com seus rebentos e, por vezes, criam ficções a fim de tornar suas vidas mais felizes.

Pois entre (in)felicidades, fui me fazendo menino e homem, e fui gostando cada vez mais e mais de ler. Os livros sempre me ofereceram um algo a mais. E esse algo me fazia crer que a vida tinha lá suas possibilidades de alegrias e de sonhos. Assim, enveredava pelos corredores das pequenas bibliotecas de meu bairro, e virava qualquer coisa: cachorro, herói, índio apache, esperto detetive, princesa do Egito, o gato da Alice. Ler era porta aberta ao sonho. E a leitura me abriu muitas portas: a maior delas, sem dúvida, foi a da escrita.

Hoje, meu sonho de ser escritor é verdade. E este livro, *Eu e o silêncio do meu pai*, traz algumas das minhas verdades, pintadas um pouco com as tintas da fantasia. Tomara que ele envolva você e crie em seu coração o mesmo que os tantos livros que li criaram no meu: **o desejo de sonhar**.